SANTA ANA
PUBLIC LIBRARY
NEW HOPE
D0603479

Dancing Miranda

Baila, Miranda, baila

By/Por **Diane de Anda**

Illustrations by/Ilustraciones por **Lamberto Alvarez**

Spanish translation by/Traducción al español por **Julia Mercedes Castilla**

Piñata Books
Arte Público Press
Houston, Texas 77204-2174

Publication of *Dancing Miranda* is made possible through support from the Andrew W. Mellon Foundation and the City of Houston through The Cultural Arts Council of Houston, Harris County. We are grateful for their support.

Esta edición de *Baila, Miranda, baila* ha sido subvencionada por la Fundación Andrew W. Mellon y el Concilio de Artes Culturales de Houston, Condado de Harris. Les agradecemos su apoyo.

Piñata Books are full of surprises!

Piñata Books
An Imprint of Arte Público Press
University of Houston
Houston, Texas 77204-2174

de Anda, Diane.
Dancing Miranda / by Diane de Anda; illustrations by Lamberto Alvarez; Spanish translation by Julia Mercedes Castilla = Baila, Miranda, baila / por Diane de Anda; ilustraciones por Lamberto Alvarez; traducción al español por Julia Mercedes Castilla.
p. cm.
Summary: Miranda finds it difficult to rehearse for the dance recital after she learns that her mother's poliomyelitis kept her from dancing when she was a child.
ISBN 1-55885-323-5
[1. Dance—Fiction. 2. Mothers and daughters—Fiction. 3. Physically handicapped—Fiction. 4. Poliomyelitis—Fiction. 5. Hispanic Americans—Fiction. 6. Spanish language materials—Bilingual.] I. Title: Baila, Miranda, baila. II. Alvarez, Lamberto, ill. III. Title.
PZ73 .D385 2001
[E]—dc21 00-053737
CIP

The paper used in this publication meets the requirements of the American National Standard for Permanence of Paper for Printed Library Materials Z39.48-1984.

Printed in Hong Kong

1 2 3 4 5 6 7 8 9 0 0 9 8 7 6 5 4 3 2 1

For my mother, Carmen de Anda,
who encouraged me to dance for both of us.
—DdA

To my wife Beth, and my daughter Veronica,
who each day bring so much joy, love and laughter to my life.
—LA

Para mi madre, Carmen de Anda,
quien me alentó a bailar por las dos.
—DdA

Para mi esposa Beth, y para mi hija Veronica,
que cada día me brindan tanta felicidad, amor y risa.
—LA

Miranda didn't dance to the music. Miranda became the music. Her heart beat with the rhythm that carried her across the floor. She turned beautiful, perfect circles, swiveling on the balls of her feet. She bobbed across the floor on tiptoe. She seemed to hover above the ground as she sailed across the floor in long, flying leaps.

Miranda had danced in almost every room in her house, in the patio, and in the park, gliding across the grass and blacktop. But she had never danced on a stage before. Now, in a few days, she would dance on a big stage at the Music Center downtown, in front of the mayor and hundreds of people to celebrate Children's Day.

Miranda no bailaba con la música. Miranda se convertía en la música. Su corazón latía al son del ritmo que la levantaba de un lado a otro. Daba hermosas vueltas en círculos perfectos, girando sobre sus pies. Cruzaba el piso dando saltitos en la punta de los pies. Parecía flotar sobre el piso volando a través del suelo en saltos largos y altos.

Miranda había bailado en casi todos los cuartos de su casa, en el patio y en el parque, deslizándose sobre el césped y el pavimento. Pero nunca antes había bailado en un escenario. Ahora, en unos pocos días, bailaría en un inmenso escenario en el Centro de Música de la ciudad, frente al alcalde y cientos de personas para celebrar El Día del Niño.

Miranda had practiced every day for two months after school to the tap, tap, tap of the dance teacher's cane on the wooden floor. Tap, tap, tap. The ten girls moved together, a single wave moving in perfect rhythm back and forth across the floor. As the music became louder and faster, Miranda twirled in tight little circles away from the rest of the dancers to the front of the group. Miranda felt the music surround her. The music became a gentle whirlwind carrying her in perfect flowing arcs around the other dancers. She leapt across the floor in powerful scissor kicks that ended in a slow, delicate glide back to her place in the group.

Miranda había practicado todos los días durante dos meses después de salir de la escuela al toc, toc, toc que hacía el bastón de la profesora de baile en el piso de madera. Toc, toc, toc. Las diez niñas se movían a la vez como una sola ola, en ritmo perfecto, de un lado a otro, por el piso. Mientras el sonido de la música se hacía más fuerte y rápido, Miranda daba vueltas en pequeños círculos, lejos del resto de las bailarinas, hacia el frente del grupo. Miranda sentía que la música la envolvía. La música se convertía en un manso remolino que la movía en perfectos y ondulantes arcos alrededor de las otras bailarinas. Se elevaba sobre el piso en poderosos saltos en tijera que terminaban en un suave y delicado deslizar hacia su puesto en el grupo.

Their teacher, Mrs. Sommers, hooked her cane on her arm and began to applaud. "Perfect, just perfect, girls," she called as she motioned the group to come closer. "I want to teach you all a special trick so it won't matter to you whether there's one or one thousand people out there watching you. The trick is to pretend that the stage is a star, and that you're dancing together on this beautiful shining star, floating somewhere by yourselves in the heavens. Close your eyes and picture it now."

The girls all closed their eyes and rode the glimmering star in dancing daydreams. But Miranda knew that she didn't need a trick. The music always carried her like a shooting star across the sky.

Su profesora, la señora Sommers, se enganchó el bastón en el brazo y empezó a aplaudir. —Perfecto, absolutamente perfecto, niñas —dijo haciéndole señas al grupo para que se acercara. —Les quiero enseñar un truco especial para que no les importe si hay una o mil personas mirándolas. El truco consiste en pretender que el escenario es una estrella, y que están bailando juntas sobre esta hermosa y brillante estrella, flotando solas en el cielo. Cierren los ojos e imagínenselo ahora.

Las niñas cerraron los ojos y se subieron a bailar a la relumbrante estrella, soñando despiertas. Pero Miranda sabía que ella no necesitaba de ningún truco. La música siempre la llevaba como una estrella fugaz por el firmamento.

Miranda usually slept in on Saturday mornings, but today she was dressed in her blue leotard by eight o'clock in the morning. She was ready to dance her way through the day. She danced the cereal bowls into place around the kitchen table. She tiptoed up to the large cat sitting by the stove. He raised his broad orange-striped face towards her and followed her with his wide yellow eyes as she twirled and bowed low enough to sprinkle the cat food into his bowl.

It was hard to sit still in the car on the way to rehearsal, so she tapped her dance slippers together and did little toe dances on the car floor as they drove.

Miranda generalmente dormía hasta tarde los sábados por la mañana, pero hoy estaba vestida con las mallas azules desde las ocho de la mañana. Estaba lista para bailar a lo largo del día. Hizo bailar los tazones de cereal sobre la mesa de la cocina a sus respectivos puestos. Dio una vuelta en puntillas alrededor del gato grande que estaba sentado junto a la estufa. Éste levantó su ancha cara de rayas anaranjadas hacia ella y la siguió con sus ojos amarillos mientras ella daba vueltas y hacía venias tan dobladas que alcanzaba a servirle comida al gato en su tazón.

Era difícil sentarse quieta en el automóvil camino al ensayo, así es que golpeó una zapatilla contra la otra e hizo pequeñas danzas con la punta de los pies en el piso del automóvil mientras manejaban.

CAT

"Go on ahead, Miranda. I'll catch up with you inside," her mother said as Miranda opened the car door.

Miranda gave her mother a quick smile and bounded forward in great skipping leaps up the ramp, across the red and gold carpet in the lobby, down the long side aisle and up the steps onto the stage. Miranda felt herself slide across the hard shiny floor. In about fifteen minutes, Inés and the other girls arrived and joined her on the stage, laughing as they all practiced excited little leaps and pirouettes.

—Sigue adelante, Miranda. Yo te alcanzo adentro —le dijo su madre cuando Miranda abrió la puerta del carro.

Miranda le sonrió brevemente a su madre y brincó en grandes saltos rampa arriba, a través de la alfombra roja y dorada del pasillo, bajando por el largo corredor y subiendo por la escalera hacia el escenario. Miranda sentía que se deslizaba por el piso duro y brillante. En unos quince minutos Inés y las otras niñas llegaron y se unieron a ella en el escenario, riéndose mientras practicaban pequeños y emocionantes saltos y piruetas.

As Miranda moved toward the edge of the side curtains, she could hear her mother and her dance teacher talking.

"It's an inborn talent, a gift, Mrs. Montero. Were you such a dancer also as a girl?" Mrs. Sommers smiled warmly at Miranda's mother.

"I did a lot of dancing in my daydreams, but I couldn't move like my Miranda." Mrs. Sommers noticed Mrs. Montero's eyes cloud slightly as she continued. "I had polio as a young girl and wore braces on my legs until I was way into my teens."

"Oh, I'm sorry. I didn't mean to pry," Mrs. Sommers said.

Al moverse hacia la orilla del telón, Miranda podía oir a su madre y a su profesora de baile conversando.

—Es un talento innato, un don, señora Montero. ¿Fue usted también tan buena bailarina cuando niña? —La señora Sommers le sonrió amablemente a la madre de Miranda.

—Bailé mucho soñando despierta, pero no me podía mover como mi Miranda. —La señora Sommers notó que los ojos de la señora Montero se nublaban un poco mientras continuaba. —Me dio polio cuando niña y tuve que usar estribos en las piernas hasta bien entrada la adolescencia.

—Oh, lo siento. No era mi intención entrometerme —dijo la señora Sommers.

Miranda stepped back farther behind the curtain. She watched them as they continued to talk, but couldn't hear what they were saying. Then she looked at her mother's shoes. They were plain, with wide, flat heels, not the high or slender heels that the other mothers wore.

She had never thought about it before. Her mom was simply her mom, just the way she was. But now she could picture her mother as a child sitting alone while the other children danced by her just as Miranda did. She remembered now a few pictures of her mother as a little girl, smiling in a group of girl cousins at a birthday party. She remembered the silver braces on the heavy brown shoes that looked so strange beneath the full skirt of her pink, ruffled party dress.

Miranda retrocedió detrás del telón. Las observaba mientras continuaban conversando pero no podía oír lo que decían. Entonces miró los zapatos de su madre. Estos eran simples, con tacones anchos y planos, no como los tacones altos y delgados que usaban las otras madres.

Nunca lo había pensado antes. Su mamá era simplemente su mamá, así como era. Pero ahora podía imaginarse a su madre cuando niña sentada sola mientras las otras niñas bailaban a su alrededor como lo hacía Miranda. Ahora recordaba unas fotografías de su madre cuando era pequeña, sonriendo entre un grupo de primas en una fiesta de cumpleaños. Se acordó de los estribos plateados sobre los pesados zapatos color café que lucían tan extraños debajo de la falda ancha con encajes del vestido rosa de fiesta.

Miranda bent one leg up at the knee and gracefully extended it out. Then she imagined the weight of the thick shoes and braces, and her leg dropped stiff and heavy as a rock to the ground.

"Everyone, take your places. Quickly, quickly," Mrs. Sommers called to the group.

Miranda waited a moment as she watched her mother hold on to the guardrail to steady her balance on the ramp down from the stage.

"Come on, Miranda, come on and get in line. We're on first," said her friend Inés tugging on her arm.

Miranda dobló una pierna y la extendió con gracia. Entonces se imaginó lo que sería el peso de los gruesos zapatos y estribos y su pierna cayó sobre el piso tiesa y pesada como una piedra.

—Todas a sus puestos. Rápido, rápido —la señora Sommers llamó al grupo.

Miranda esperó un momento mientras miraba a su madre afirmarse del pasamanos de la rampa para no perder el equilibrio al bajar del escenario.

—Anda, Miranda, ven y ponte en fila. Somos las primeras —dijo su amiga Inés jalándola del brazo.

Miranda looked out over the big empty space where the audience would sit. There in the front row sat her mother, smiling and nodding toward her.

The music filtered softly onto the stage. The music that usually filled Miranda with a lightness that lifted her in magic gliding movement now filled her with a strange sadness. It was the sadness of the dark eyes that had watched other children dancing, the dark eyes that now watched Miranda dance. Heavy, aching sadness poured into Miranda.

Miranda observó el inmenso espacio donde se sentaría el público. Ahí, en la primera fila, se sentó su madre, sonriendo y asintiendo con la cabeza.

La música se filtró suavemente al escenario. La música que generalmente hacía que Miranda se sintiera liviana, elevándola en mágicos movimientos, ahora la llenaba de una extraña tristeza. Era la tristeza de los ojos oscuros que han observado a otras niñas bailar, los ojos oscuros que ahora miraban bailar a Miranda. Una tristeza pesada y dolorosa se derramó sobre Miranda.

Tap, tap, tap. The teacher's cane marked Miranda's missed cue. *Tap, tap, tap.* The cane prodded her forward into the spotlight. Miranda moved to the music automatically from hours of practice. But her spins wobbled with the heavy sadness. She strained to leap, but her legs felt thick with sadness. She could not look at her mother in the audience. She could not look at those dark eyes watching her dance across the stage. The sadness stopped only when the music ended and the curtain pulled across the stage.

Toc, toc, toc. El bastón de la maestra marcó el paso que Miranda no había hecho. *Toc, toc, toc.* El bastón la guió hacia el centro iluminado. Guiada por horas de ensayos, Miranda se movió automáticamente al ritmo de la música. Pero sus piruetas se bamboleaban con el peso de la tristeza. Se tensó para saltar pero sus piernas estaban llenas de tristeza. No podía mirar a su madre en el público. No podía mirar esos ojos oscuros observándola bailar en el escenario. La tristeza se alejó sólo cuando la música dejó de sonar y el telón cayó sobre el escenario.

Mrs. Sommers walked up onto the stage and spoke to the dancers. "I know that dancing on this big stage can make you feel a little shaky and unsure. But, remember the picture I told you to keep in your mind. Just concentrate on that. We'll keep practicing here today until it feels just like we're back in our own little studio."

Looking at Miranda, she said, "Just let the music guide you and you'll be fine. Now take a fifteen-minute break and then we'll try it again."

La señora Sommers caminó hacia el escenario y les habló a las bailarinas. —Sé que bailar en este escenario tan grande las hace sentir un poco temblorosas e inseguras. Pero, acuérdense de la imagen que les dije deben guardar en su mente. Concéntrense en ella. Hoy continuaremos practicando aquí hasta que se sientan como si estuviéramos en nuestro pequeño estudio.

Al mirar a Miranda, dijo —deja que la música te guíe y estarás bien. Ahora tómate un descanso de quince minutos y después volveremos a intentar.

Miranda's mother was waiting for her as she walked down to take a seat. Mrs. Montero put her arm around her daughter.

"The teacher seems to think that you all had a little stage fright. Did you feel nervous up there, *m'ija?*"

"I guess so," Miranda whispered, looking away.

"You know, you didn't look scared to me, Miranda. I'm used to seeing you so happy flying across the floor, but this time you just looked so sad, like something was weighing you down. What is it, *m'ija?*"

Miranda's eyes filled with tears as she looked up at her mother. "I heard you talking to the teacher about when you were a little girl."

La madre de Miranda la estaba esperando cuando bajó a sentarse. La señora Montero abrazó a su hija.

—La maestra parece creer que ustedes tienen un poquito de miedo escénico. ¿Te sentiste nerviosa allá arriba, m'ija?

—Creo que sí —Miranda susurró, mirando para otro lado.

—¿Sabes? A mi no me pareció que estuvieras asustada. Estoy acostumbrada a verte contenta volando por el piso, pero esta vez parecías muy triste, como si cargaras con un gran peso. ¿Qué te pasa m'ija?

Los ojos de Miranda se llenaron de lágrimas al mirar a su madre. —Te escuché hablando con la maestra de cuando eras pequeña.

Mrs. Montero put her arms around Miranda. *"Ay, m'ija,"* she whispered as she kissed her daughter on the top of her head. "Miranda, you must have heard only *part* of the conversation. But not the most important part! I told your teacher that when I watch you dance and see how free and happy you are floating with the music, I feel free and light myself. It's hard to explain, but seeing you is more beautiful to me than all my childhood daydreams. And when you leap and leave the ground, I feel this wonderful lightness inside me. It's your gift, Miranda, but it's also a gift to all of us who watch you."

Miranda looked up at her mother's eyes—her mother's dark, happy, dancing eyes—and the sadness lifted away from them both as they stood with their arms around each other.

La señora Montero abrazó a Miranda. —Ay, m'ija —susurró mientras besaba a su hija en la cabeza. —Miranda, debiste oír sólo parte de la conversación. ¡Pero no la parte más importante! Le dije a tu maestra que cuando te observo bailar y veo lo libre y contenta que flotas con la música, me siento también libre y ligera. Es difícil de explicar, pero el verte bailar es más hermoso que todos los sueños de mi niñez. Y cuando saltas y te elevas, siento una liviandad maravillosa dentro de mí. Es tu don Miranda, pero también es un regalo para todos los que te observamos.

Miranda levantó la mirada hacia los ojos de su madre—los ojos oscuros, felices y bailarines de su madre—y la tristeza de ambas se disipó mientras se abrazaban.

Tap, tap, tap. Mrs. Sommers called Miranda's group onto the stage. Miranda grazed her mother's cheek with a quick kiss and dashed up the stairs. *Tap, tap, tap.* They all took their places. *Tap, tap, tap.* The Music Center was silent.

Then the music began, weaving its magic through Miranda.

She felt the rhythm build with every breath. The strong, electric, rhythm pulsed through her. It drew her forward, spinning to the front of the stage. Miranda looked up and met her mother's smiling face, her dark and dancing eyes. Then the music lifted them both into the air, and together they soared across the stage.

Toc, toc, toc. La señora Sommers llamó al grupo de Miranda al escenario. Miranda rozó la mejilla de su madre con un beso rápido y se apresuró a subir por la escalera. *Toc, toc, toc.* Todas se colocaron en sus lugares. *Toc, toc, toc,* El Centro de Música estaba en silencio.

Luego empezó la música tejiendo su magia en Miranda.

Sintió que el ritmo crecía con cada respiro. El ritmo fuerte, eléctrico, latía a través de ella. La llevaba hacia adelante, girando hacia el frente del escenario. Miranda levantó los ojos y se encontró con la cara sonriente de su madre, sus ojos oscuros y bailarines. Luego la música las levantó a ambas por el aire, y juntas volaron a través del escenario.

Diane de Anda, a professor in the department of Social Welfare at UCLA, is the author of two collections of short fiction for young readers, *The Ice Dove and Other Stories* and *The Immortal Rooster and Other Stories.* Her stories and poems have been published in a number of journals and magazines. She is also the author of numerous articles and books, including *Controversial Issues in Multiculturalism* and *Project Peace.*

Diane de Anda es profesora en el departamento de Social Welfare de UCLA y es autora de dos colecciones de cuentos para jóvenes, *The Ice Dove and Other Stories* y *The Immortal Rooster and Other Stories.* Sus cuentos y poemas han aparecido en varias publicaciones académicas y revistas. Es autora de numerosos artículos y libros, entre ellos, *Controversial Issues in Multiculturalism* y *Project Peace.*

Lamberto Alvarez heads Solare Design Group, Inc., an illustration, photography, and design firm based in Fort Worth, Texas, where he lives with his family. He also serves as Director of Illustration for *The Dallas Morning News* in Dallas.

Lamberto Alvarez es director de Solare Design Group, Inc., una compañía de ilustración, fotografía y diseño en Fort Worth, Texas, donde reside con su familia. También es director de ilustración para *The Dallas Morning News* en Dallas.